KB265642

내 사랑은 4계절처럼

내 사랑은 4계절처럼

초판 1쇄 인쇄일_2009년 11월 14일
초판 1쇄 발행일_2009년 11월 20일

지은이_이용수
펴낸이_최길주

펴낸곳_도서출판 BG북갤러리
등록일자_2003년 11월 5일(제318-2003-00130호)
주소_서울시 영등포구 여의도동 14-5 아크로폴리스 406호
전화_02)761-7005(代) | 팩스_02)761-7995
홈페이지_http://www.bookgallery.co.kr
E-mail_cgjpower@yahoo.co.kr

값 6,500원

ISBN 978-89-91177-90-1 03810

내 사랑은 4계절처럼

이용수

BG 북갤러리

시인의 말

　태어나 처음으로 내 이름으로 된 책을 선보이게 되었습니다.

　저는 전문적으로 시에 대해 공부한 사람도 아니고, 등단을 한 사람도 아닙니다. 단지 글 쓰는 걸 좋아하는 한 사람입니다. 아마추어라고 하면 좋겠네요.

　누구나가 살아가면서 사랑을 하고, 방황하고 또 사랑하고, 이별하고. 그 사랑을 그리워하며 살아가는 이야기를 타인이 아닌 저의 이야기들로 꾸며 보았습니다.

　앞에서도 언급했듯이 전 아마추어입니다. 표현력이 많이 부족하고, 어설픈 글들도 많다는 것을 알고 있습니다. 그냥 한 사람의 낙서장을 읽는다는 마음으로 편하게 읽어 주셨으면 합니다.

제 글이 한 권의 시집으로 나올 수 있도록 용기를
북돋워주신 홍기옥 누님, 전영숙 작가님이자 누님, 어
머님 그리고 〈북갤러리〉의 관계자분들께 다시 한 번
감사의 말씀을 드립니다.

2009년 깊숙이 깊어가는 가을

이용수

내 사랑은 4계절처럼

차례

시인의 말 / 4

봄
2. 사랑 1

네가 행복해야 / 13

내가 이 세상에 태어나 누군가를 만나 사랑한다면 / 14

너에게 바라는 나의 바람 / 16

아무도 모를 나만의 공간 / 18

농담 반, 장난 반으로 시작된… / 20

내 사랑 그녀는 / 22

사랑은 그리움 / 24

사랑을 시작하려는 연인들에게 / 25

나의 사랑하는 님이시여 / 26

이런 사랑을 하고 싶다 / 27

가끔은 / 28

당신이 떠난 뒤에 / 30

사랑의 조건 / 32

남자와 여자의 대화 / 34

그녀 앞에서는 / 36

꿈 1 / 38

꿈 2 / 40

사랑합니다 / 42

여름 12. 방황 / 아픔

벤치의자 / 45

난 어릿광대 / 48

너의 뒤에서 / 50

담배 / 52

함께할 수 없기에 / 54

아프기만 한 사랑 / 55

짝사랑 / 56

말해 주세요 / 58

내 사랑이 / 60

나 / 62

좋지만 꼭 그렇지만도… / 64

세상에서 가장 추한 것은 / 65

내가 잘하는 것은? / 66

외로움 / 68

무의식이 가져온 방어본능 / 70

느낌 / 72

모두 잊었습니다 / 74

기다림의 사랑이란 / 76

낙서장의 끝 / 78

괜찮지? / 80

가을. 사랑 2 그리고 이별

이 세상에서 가장 아름다운 것은? / 83

당신에게 하고픈 말 / 84

고마워! 내 사랑이 너여서 / 86

바보 / 88

사랑의 이유 / 90

그녀와의 꿈속의 대화 / 92

사랑이라는 말 / 94

어떡하죠? / 95

다음 생에는 / 96

널 만나면서부터 / 98

잊지 마세요 / 99

당신이 있기에 / 100

기다림의 끝은 / 102

그녀와 꼭 하고 싶은 것 / 104

안녕 / 105

고마워, 감사해 그리고 미안해 / 106

상사병 / 108

마음의 평안 / 111

집중 좀 해줘 / 112

추억 / 114

사랑이라는 것은 / 116

미워하는 만큼 사랑하는 마음이 커진다 / 118

내 마음속에서 / 120

미안해하지 말아요, 서운해하지 말아요 / 122

겨울. 그리움 그리고 추억

당신 때문에 / 127

나 당신을 아직 사랑해요 / 128

그리움 / 130

당신을 사랑하기에 / 132

미안해! 네가 해준 말들 못 지킬 것 같아 / 133

가을 / 136

가장 무서운 말 / 138

눈물 / 140

추억입니다 / 141

봄.

사랑 1

네가 행복해야

네가 웃으면
나도 즐겁다
너 웃는 목소리를 들으면
하루가 즐겁고
너 웃는 모습을 보면
일주일이 즐겁다

네가
즐겁고 행복하면
바라보는
나도 즐겁고 행복해

항상 즐겁고 행복하게 해줄게
네가 행복해야
내가 행복한 거니까
네가 내 행복이니까….

내가 이 세상에 태어나
누군가를 만나 사랑한다면

내가 이 세상에 태어나

누군가를 만나 사랑하고

이별을 하는 슬픔을

알게 된다 하여도

오직 한 사람만을

사랑하다 잠이 들고 싶습니다

첫사랑일수도

날 떠나간 마지막

사랑이었을 수도 있는

그 누군가를

사랑하다 잠이 들고 싶습니다

그 사람은 모르겠지만

그 사람은 행복한 사람일 겁니다

죽는 그 순간까지

그를 사랑했던

내가 있었으니까요

내가 이 세상에 태어나
누군가를 만나
사랑하게 된다면
그 누군가가 바로 당신이었으면 합니다
죽어서도
당신을 사랑하고 싶으니까요.

너에게 바라는 나의 바람

네가 아프지 말았으면
물론 맘대로 되는 건 아니겠지만

네가 항상 건강했으면

내가 항상 웃는 너의 모습만 봤으면

네가 슬프지 않았으면

네가 항상 행복했으면

나만의 너였으면

너만을 죽는 그날까지 사랑할 수만
있다면

내 마지막 날에 너만이
나의 사랑이었다고 생각할 수만
있다면

앞의 모든 것이 나의 바람이야
이루어질 수 있을까?
이루어졌으면 좋겠다
널 사랑하니까
널 사랑하는 나의 바람이니까
꼭 이루어졌으면 좋겠다.

아무도 모를 나만의 공간

아무도 찾지 않는
나만의 공간 속에서
그대 모습을
조용히 그려봅니다

누군가에 보여질까
부끄러워하지 않아도 되는
나만의 공간에
나의 사랑
당신의 모습을 담아
하나하나의 표정까지도

여기 이곳
그 누구도 찾지 못할
오직 그대만이 찾아올 수 있는 이곳
나만의 공간

바로 이곳
나의 마음속에

당신의 모습 하나하나
있는 모습 그대로를
그려봅니다

오직 그대만이
찾아올 수 있는 이곳
나의 마음속에….

농담 반, 장난 반으로 시작된…

수화기 넘어 들려오는
밝고 경쾌한 그녀의 목소리
언제부터인가
농담 반, 장난 반으로
주고받던 그 말
"사랑해"

하지만
이젠 진심으로
고백합니다

"사랑합니다"
"사랑합니다"
"사랑합니다"
당신만을…

당신에게
진심어린 마음으로
고백합니다

당신을
"사랑합니다."

내 사랑 그녀는

내 사랑 그녀는
미스코리아만큼
이쁘지 않습니다

내 사랑 그녀는
여자연예인처럼
섹시하지도 않습니다

내 사랑 그녀는
천사 같은 마음을
가지고 있지도 않습니다

내 사랑 그녀는
흔히 말하는
잘나가는 여자도 아닙니다

그런 그녀인데도
난 그녀를
사랑하지 않을 수 없습니다

그녀는
내 삶의 진부이니까요.

사랑은 그리움

사랑은
그리움인 것 같습니다

보고 또 보고
아무리 바라보아도
그리움에 사무치기 때문입니다

날 떠나간 사랑도
그리워하고
지금
내 곁에 있는 사랑도 늘 그립습니다

사랑은
후회하지 않는 것

사랑은
후회가 없습니다
단지,
그리움만 남을 뿐입니다.

사랑을 시작하려는 연인들에게

누군가를 사랑함에 있어서
그 사람의 육체보다
마음을 먼저 가지려고 노력하세요
육체를 가지는 것은 한순간일 뿐이지만
마음을 가지는 것은
죽는 그 순간까지 함께랍니다
몸을 가져도 마음은 얻을 수 없지만
마음을 가진다면
몸은 옵션처럼 따라오는 것이니까요
몸을 먼저 가지기 위해 애쓰지 말고
마음을 먼저 가지려 노력하셨으면 합니다
그럼 시간이 흘러 죽는
그 순간에
한평생 가장 아름다운 사랑을 하다가
떠난다고 생각할 수 있을 테니까요
육체는 시간이 지나면
볼품없는 모습으로 바뀌지만
마음은 처음 얻는 모습
그대로 평생을 항상 함께합니다.

나의 사랑하는 님이시여

나의 사랑하는
님이시여
영원토록
이내 가슴에 남아
이 몸이 영원한
안식을 취하는
마지막 그날까지
사랑하게
허락하옵소서

나의 사랑하는
님이시여….

이런 사랑을 하고 싶다

오늘 문득 생각을 해봅니다
나는 어떤 남자일까?
나 또한 다른 남자들과 똑같은 남자일까?
사랑에 있어서만큼은 남들과 다른 남자이고 싶은
데…

난 브래지어를 벗겨주는 남자이기보다는
브래지어를 입혀주는 이이고 싶다
그런데 그게 쉽지는 않네

지금까지의 사랑이
벗기는 사랑이었다면
앞으로의 사랑은 입혀주는
그런 사랑을 하고 싶다

난 브래지어를 입혀주는
그러한 사랑을 할 것이다
앞으로의 나의 사랑은….

가끔은

가끔은 한 편의 시를
읽어보는 건 어때?
삭막하지 않은 삶을 위해

가끔은 푸른 하늘을
바라보는 건 어때?
나를 돌아볼 수 있도록

가끔은 비오는 풍경에
빠져보는 건 어때?
이기적이지 않은 날 발견할 수 있도록

가끔은 흰 눈을 맞으며
미친 듯이 웃으며 달려보는 건 어때?
잃어버린 동심을 재발견할 수 있도록

가끔은 처음 본 사람과
사랑에 빠져보는 건 어때?
세상이 아름다워 보이도록

삭막하고 이기적인

이 세상에서

행복하게 살고 싶다면

가끔은….

당신이 떠난 뒤에

늘 곁에서 웃어주고
늘 곁에서 재잘거려주던
당신

그때는 왜 몰랐을까요
나를 향한 당신의 마음을
당신을 향한 나의 마음을

언제나 곁에 있었기에
언제나 날 향해 웃어주었기에
그리고 아무런 말도 없었기에
난 그것이 당연한 것인 줄 알았습니다

나를 향한 당신의 마음을
당신을 향한 나의 마음을
이제야 알게 되었습니다

당신이 떠난 뒤에야
비로소 알게 되었습니다

날 사랑한 당신이었기에
힘들어도 내 곁을 지켜주었고
슬퍼도 내게 웃어주었다는 것을

이제서야 알게 되었습니다
당신을 향한 나의 마음을

당신이 곁에 없기에
당신의 웃음을 볼 수 없기에
알 수 있었습니다
나 또한 당신을
사랑하고 있다는 것을

당신을 향한 그리움이 찾아온
지금에서야 알게 되었습니다
당신을 볼 때마다
가슴이 따뜻해지던
마음이 바로
사랑이라는 것을….

사랑의 조건

나이?
사랑한다면야 뭐 그다지

재산?
벌면 되는 것 아닌가

외모?
나이 들면 누구나 다 늙어버리는 걸

조각 같은 몸매?
운동으로 만들면 되잖아

훌륭한 집안?
서로 사랑한다면 문제될 게 없지 않나

사랑?
서로에 대한 믿음
서로에 대한 배려
그리고 부지런함

사랑은
불가능을 가능하게 해주는 것

사랑을 하는데 있어서
조건은 무의미하잖아

조건을 따진다면
그건 사랑이 아니야
그건 거래일 뿐이지.

남자와 여자의 대화

여자 : 왜 이렇게 기운이 없어요?
다 죽어가네

남자 : 힘이드네
몸은 멀쩡한데
머리와 가슴이 힘드네

여자 : 왜요?

남자 : 사랑은 두 가지가 있잖아

여자 : 네

남자 : 아프지만 후회 없는 사랑과
덜 아프지만 아쉬움이 남는 사랑
어떤 사랑이 좋을까?

여자 : 당연히 처음 말한 사랑이죠

남자 : 그렇지?

그런데 나는 저음 사랑이 니무 힘이 드네

아직 마음의 상처가 다 낫지도 않았는데

그래서 지금 너무 힘들어

지금 하는 사랑이 나한테는 너무나도

여자 : 그래도 후회 없는 사랑이 낫죠

남자 : 그래서 지금 고민 중이야

어떤 사랑을 해 나가야 할지….

그녀 앞에서는

내가 사랑하는 그녀
그녀 앞에서는
난 항상 밝은 모습입니다
아니 밝은 모습만을 보여줘야 합니다

내가 아파하고
슬퍼하면
내 사랑 그녀는
미안해하고 슬퍼합니다

내가 아파하고
슬퍼하는 이유를 알기 때문입니다

난 내 사랑 그녀가
슬퍼하고 미안해하는
모습이 정말 싫습니다

난 항상 그녀 앞에서는
밝고 명랑합니다

그녀가 웃는 모습이

좋기에….

꿈 1

난 꿈을 꿉니다
한 사람을 사랑하는 꿈을

난 꿈을 꿉니다
사랑에 행복해하는 꿈을

난 꿈을 꿉니다
그녀와 여행하는 꿈을

난 꿈을 꿉니다
사랑하는 그녀와 결혼하는 꿈을

이 세상이 너무 좋습니다
너무도 행복합니다
너무 아름답습니다
이 모든 것이 그녀가 있기에
그녀를 사랑하기에…

난 꿈에서 깨어납니다

아무도 없는
쓸쓸한 혼자만의 공간 속에서…

꿈을 그리며
살포시 미소지어 봅니다.

꿈 2

난 꿈을 꿉니다
이별하는 꿈을

난 꿈을 꿉니다
사랑하는 그녀가
떠나가는 꿈을

난 꿈을 꿉니다
이별의 슬픔에
목 놓아 우는 내 모습을

이 세상이 너무 싫습니다
내 사랑이 떠나가기에
떠나는 그녀를
바라볼 수밖에 없기에

난 꿈에서 깨어납니다
내 옆에서 곤히
잠들어있는 그녀를

살포시 감싸안아줍니다

그리고 안도의
한숨을
내쉬어봅니다.

사랑합니다

사랑합니다
당신을 처음 만난 날부터
당신을 사랑하게 되어버렸습니다

내 욕심이라 해도 좋습니다
나도 모르게
당신을 사랑하게 되어버렸습니다

이래도 될지 모르겠지만
나만의 여인이었으면
좋겠습니다

내 욕심이라고
도둑놈이라고
나쁜 놈이라고
뭐라고 욕을 해도 좋습니다

나 당신을
사랑합니다.

여름

12.

방황 / 아픔

벤치의자

난 벤치의자입니다
힘들고
고되고
아파하는
모든 사람들이
잠시 쉬어갈 수 있는
그러한 벤치의자입니다

세상에 상처받고
사랑에 아파하는
모든 이들이
내 곁에 머물다
충분한 휴식을
취하면 떠나갑니다

난 벤치의자라서 좋습니다
모든 아픔을
내게서 치유받고
밝고 건강하게

그들을 떠나보내는
내가 좋습니다

내가 비록
떠나간 이들 때문에
아파하고 슬퍼해도
후회하지는 않습니다

내게 머물다간
모든 이들이
행복하기만을
바랄 뿐입니다

난 벤치의자입니다
모든 이들이 휴식을 취하고
아픔을 이겨낼 수 있도록
자리를 만들어주는…

그들의 무거운 짐을

조금이나마 덜어줄 수 있는
난 벤치의자입니다

나 벤치의자입니다
그래서 좋은 것 같습니다.

난 어릿광대

난 어릿광대
다른 이들에게
웃음을 주는
어릿광대

슬픔을 간직한
이들이여
아픔을 간직한
이들이여
내게로 와요
난 어릿광대

세상 모든 아픔과 슬픔을
모두 잊게 해주는
나는야 어릿광대

슬퍼해서도
힘들어 해서도 안 되는
언제나 웃음만 주는

나는야 어릿광대

슬퍼도 웃고
아파도 웃는
나는야 어릿광대.

너의 뒤에서

난 항상 네 곁에
있는 줄 알았어

난 항상 네 미소만
볼 수 있을 줄 알았어

내가 너만을 사랑하듯이
너 또한 나만을
사랑하는 줄 알았어

어느 날 난 알게 되었어
난 네 곁이 아닌
너의 뒤에 서있었다는 사실을

난 너의 뒤에 서있기에
너의 눈물을
볼 수 없었다는 사실을

넌 날 사랑하지만

또 다른 사랑도
하고 있다는 사실을

이제야 알게 되었어
지금까지 내가 믿었던 것들이
나의 바람이었다는 사실을

그래도 난 슬프지 않아
너의 뒤에서
널 항상 지켜줄게….

담배

넌 나한테
왜 이렇게 담배를
많이 피우냐고 하지

왜 내가 담배를
많이 피우는 줄 아니?

너무 답답해서야
너에 대한 내 사랑이
커져가는 것에 대한…

나만이 감정이 커가는데
넌 그대로이니까

널 사랑하는 마음이
커져갈수록
난 점점 더 답답해지니까

넌 그대로인데

나 혼자만 사랑이 커가니까
답답할 수밖에

모든 상황을
잘 알고 있는데
내 감정만 커가는데
벙어리 냉가슴 앓듯
앓아야 하기 때문에
담배만 피워댈 수밖에

차라리 나도 널 사랑하는
마음이 커가지만 않는다면
담배가 늘지는 않겠지

차라리 모르는 게
많았더라면
지금보다 더 몰랐더라면
지금처럼 담배를
많이 피우는 일 따윈 없었을 거야.

함께할 수 없기에

함께할 수 없기에
더욱 그리움만 커져갑니다

함께할 수 없기에
내 사랑이 작아집니다

함께할 수 없기에
이해하면서도
그대가 미워집니다

함께할 수 없기에
더욱 슬퍼집니다

함께할 수 없기에
그대를 더욱 사랑하는 것인지도…

함께하지 않아도
내 사랑이 변치 않기를….

아프기만 한 사랑

하늘은 내게
다시 사랑하라고 하네요
지금까지의
아픈 사랑은 잊고
다시 사랑하라 하네요
이번엔 정말 행복한
사랑을 할 것이라고

내게 다시 사랑의 기회가
왔습니다
하지만 시작부터
또다시 아파오네요
정말 너무 힘들고 아프네요

내게 다시 주어진 기회
예전 사랑과
다를 것이란 기대감에
다시 한 번 사랑을 해봅니다
아직까지는 아프기만 한 사랑을….

짝사랑

그녀에게 나는
어떤 존재일까요

그냥 직장동료일까요
아님 그냥 편한 오빠일까요

그녀에게 난 어떤 사람인지
모르겠습니다

이것 한 가지는
알 수 있습니다
난 지금 그녀의
사랑은 아니라는 것을

알면서도
그녀를 사랑하는
그래서 더 아파하고 있는
나는 정말 바보인걸까요

언젠가는
그녀의 사랑이
나이길 바라는 희망이
헛된 희망일까요

난 어떡해야 할까요
내 사랑을 포기하고 싶진 않아요
내 사랑을 쟁취하려는
나는…

누구라도 좋아요
그녀가 날 사랑할 수 있도록
제발 도와주세요

나만의 짝사랑은 싫어요.

말해 주세요

내가 사랑하는 님이여
내게 말해 주세요

당신만을 바라보는 내가
부담스러우신가요?

당신만을 기다리는 내가
불편하신가요?

당신도 날 좋아하기에
한 걸음 다가서고 싶었을 뿐인데
내게 거리를 두라 하네요

내게 말해 주세요
당신이 나에게
허락할 수 있는
거리가 어디까지인지를…

내게 말해 주세요

당신이 원하는
거리에서
당신을 기다릴게요.

내 사랑이

내가 바라는 사랑
내가 바랄 수 없는 사랑

내가 바라는 사랑을
난 바랄 수 없습니다

곁에 있으나
곁에 없는 것 같은 나의 존재

내가 바라는 사랑을
난 단지 꿈으로 꿀 따름입니다

내겐 허락된 사랑이
아니기에
내게 주어진 사랑이
아니기에

있으나 없는 존재
눈엔 커 보이지만

마음속에는 너무도 작은 사랑

내 사랑이
그녀에겐
그런 사랑인가 봅니다.

나

나는 어떤 사람일까요?
그녀는 바보라 말합니다

나는 바보인걸까요?
아니요! 아닙니다
바보처럼 행동할 따름입니다
그래야 그녀를 사랑할 수 있기에

그래야 그녀의
곁에 있을 수 있기에

나는 어떤 사랑일까요?
남들은 사랑이 아름답다 합니다

내게 사랑은
아픔이고 고통입니다

지금까지 3번의 사랑을 해봤지만
너무나 아픈 사랑들이었습니다

내게 사랑은
아픔과 슬픔과 고통입니다

죽을 것 같이 아프고
힘들었어도
다시 사랑을 해봅니다

역시나 내겐
아프기만 한 사랑이네요

나는 어떤 사람일까요?
희망과 꿈일 뿐인 것을
끝까지 믿고 있는
나는 정말 바보인가봐요.

좋지만 꼭 그렇지만도…

지금 난 그대 곁에 있습니다
그런데 마냥 기뻐할 수가 없네요

지금 그녀 곁에 있어 기쁘지만
이 시간이 지나면
난 다시 그녀의 뒷자리로
돌아가야 하니까요

곁에 있어 기쁘지만
내일을 생각하면
씁쓸한 미소만이 지어집니다

항상 곁에 있고 싶은데
아직은 아닌가 봅니다
아직은 그녀가 허락지 않습니다

지금 이 순간이
기쁘고 좋으면서도
꼭 그렇지만도 않네요….

세상에서 가장 추한 것은

세상에서 가장 추한 것은
남 먹을 때 옆에서 침 흘리며
쳐다보는 모습
돈이면 다 된다는 사람
그리고 내 사랑 그녀를
믿지 못했던 지난날의 내 모습
그중 제일 추한 것은
질투심에 눈이 멀어
내 사랑을 아프게 했던
나의 과거이다.

내가 잘하는 것은?

특기?
음… 없네

취미?
쉬는 날 방에서 뒹굴뒹굴
무협, 판타지 읽기

매력?
역시 없네
매력 없는 게 매력이랄까? ㅋㅋㅋ

카리스마?
쩝, 당근 없지

재산?
할 말 없네

외모, 몸매?
위와 같음

능력?
능력이 있으면 재산도 많겠지

쩝, 가진 것 없고 할 줄 아는 게
하나도 없네

아니다 하나 있다
사랑하는 사람을 위해서라면
내 모든 것을 다 줄 수 있어

그게 설령
내 심장이라 해도

누구나 다 할 수 있는 거라고?
아니 진정으로
그럴 수 있는 사람은 의외로 드물다

내가 유일하게
할 수 있는 것은 그것밖에 없어.

외로움

오늘 갑자기
찾아온 외로움

집 앞 벤치의자에
앉아 있길 벌써 2시간째

그녀를 사랑하면서도
지금 내 곁엔
아무도 없습니다

끝없이 밀려드는
외로움,
외로움을 달래줄
사람 하나 없네요

내 옆에
나뒹구는 비어버린
맥주 캔들

그나마 비어있는
맥주 캔들이
외로움을 함께하네요

너무 외롭네요
내 사랑 그녀는
내 외로움을 알까요?

그녀가 내 곁에
있어준다면
외롭지 않을 텐데

그녀가 보고 싶네요
맥주들과 외로움을
함께해야겠네요

요즘 들어 매일
맥주를 마시는 것 같아요
외롭기 때문이겠지요.

무의식이 가져온 방어본능

요즘 들어 내가 이상합니다
너무 아팠다가도
하루가 지나면
기분이 좋아집니다
왜 아팠는지도 기억을 못합니다

너무 외롭다가도
하루가 지나면
기분이 좋아집니다
언제 외로웠냐는 듯이

요즘 들어 내가 이상합니다
사랑하는 그녀를
생각하다 보면
무언가를 잊은 듯합니다

곰곰이 생각하려 하면
마음만 아려올 뿐
기억이 나지 않습니다

잠을 이루기가 두려워집니다
하루를 자고 일어나면
내가 기억 못하는
그 무언가가 하나씩
잊혀져 있을 테니까요

이러다 내 사랑까지
잊혀지는 것은 아니겠지요

아마도 잊혀지는 것들은
내가 아파하고 슬퍼하는
것들이겠지요

더 이상 아파하지 말라는
슬퍼하지 말라는
무의식이 가져온
방어본능이겠지요.

느낌

사람들은
첫 느낌에 사랑을
고백하고
마지막 느낌에
이별을 준비합니다

그녀가 왠지
내게서 멀어지는
느낌입니다

날 멀리하는
느낌이 드는 건
왜 일까요?

불안한 내 감정이
만들어내는 느낌일까요?

그녀가 날 멀리하는
느낌이 드는 이유가

이런 내 감정을
착잡하게 하네요

잘못된 느낌이길
간절히 빌고
또 빌어 봅니다.

모두 잊었습니다

당신은 사랑의 기쁨을
알고계십니까?
난
사랑의 기쁨을 모릅니다

당신은 이별의
슬픔을 알고계십니까?
난
이별의 슬픔을 모릅니다

당신은 아련한
그리움을
알고계십니까?
난
아련한 그리움을 모릅니다

난 모두 잊었기에
사랑의 기쁨도
이별의 슬픔도

아련한 그리움도
아무것도 모릅니다

이미 난
모든 것을 잊었기에….

기다림의 사랑이란

이제야 마음의
안정을 찾을 수
있을 것 같습니다

사랑을 마음속 깊이
잠시 묻어 두었습니다
이제 마음 아파하며
기다리지 않아도 됩니다

이젠 그녀를
기다려도
마음이 아프지
않을 것 같습니다

기다리는 사랑이라는 것은
사랑하는 마음을
계속 가지고 기다릴 수는
없는 거였나 봅니다

사랑을 잠시 묻어두고
편안함으로
그녀를 기다릴까 합니다

사랑은
그녀가 내게 왔을 때
다시 시작해도 될 테니까요

그녀가 서운해 하지
않았으면 좋겠습니다

사랑을 잠시 묻어두었어도
그녀 뒤에 지금처럼 서있을 겁니다

기다림의 사랑이란
그런 것이 아닐까 합니다.

낙서장의 끝

그녀를 만나
행복하고
설레이고
아파하고…

그러면서
그때그때
느끼던 나의 느낌들이
지금의 이 낙서장을
탄생시켰습니다

어쩌면 지금의
이 낙서가
더 이상은 쓰여지지 않을지도
모르겠습니다

내 사랑은
정말 아픔과 슬픔이
많은 것 같습니다

지금의 내가
더 이상 아파하지 않으려면
다시는 사랑을 하지 않으면 되겠지요

지금 너무나 힘이 드네요
어쩌면 지금이
최고의 고비일 수도 있습니다

만약 이 고비를 넘기지 못한다면
난 더 이상
사랑을 하지 않을지도 모릅니다

이제 더 이상
글은 쓰지 않으려 합니다
그냥 느낌 그대로를
내 마음속 노트에만
옮겨 적어 놓을 겁니다
당신을 사랑하는 마음까지도…
사랑합니다.

괜찮지?

내가 네게
제일 많이 듣는 소리
고마워, 미안해, 불편해지려고 해, 불편해…

난 신도 아니고
무당도 아니고
보통사람인데
독심술을 익힌 것도 아닌데
말하지 않으면 알 수 없는데
네 마음
난 아닌가 보네

지금까지 난
뭐한 거니?
씁쓸하네
이제 그만할게
내가 미안해 할 이유 같은 거 없지?
너도 아무렇지 않을 테니까….

가을.

사랑 2 그리고 이별

이 세상에서 가장 아름다운 것은?

이 세상에서
가장 아름다운 얼굴은?
사랑하는 나의 그녀 얼굴

이 세상에서
가장 아름다운 눈은?
사랑하는 나의 그녀의 눈동자

이 세상에서
가장 아름다운 몸매는?
우리 아기를 임신한
배나온 내 사랑 그녀의 D라인 몸매

이 세상에서
가장 아름다운 것은?
내가 세상에서 제일
사랑하는 그녀….

당신에게 하고픈 말

당신에게 하고픈
말이 있습니다

당신을 사랑합니다
아무리 날 아프게 하고
슬프게 할지라도
난 당신을 사랑합니다

당신 없는 내 삶은
이미 죽어버린
삶이기 때문입니다
당신은 내 인생의
전부입니다

당신에게 하고픈
말이 있습니다

당신을 사랑합니다
당신이기에

사랑합니다

당신만을 사랑합니다
기다림의 끝에
당신이 제 곁에 있지 않아도
난 당신만을 사랑합니다.

고마워! 내 사랑이 너여서

안녕! 내 사랑
오늘 하루도 힘든 날이었지?
넌 힘든데 무엇 하나 도울 수 없어서
미안해
아무것도 해줄 수가 없어서

멀리 있기에
볼 수 없기에
지금처럼
그리움에
내 마음의 흔적을 남겨

언젠가 네가
나의 그리움의 흔적을
보게 된다면
난 그것으로 만족할 수 있어

나 어리석지?
그래도 좋아

사랑은 어리석어지는 것이기에
그래서 더욱 기뻐
날 어리석게 만드는 사람이 너이기에

사랑해! 사랑해! 사랑해!

고마워! 내 사랑이 너여서
감사해! 하늘에게
내게 널 보내주었으니까

이 사랑 영원히
간직할게

사랑해! 사랑해! 사랑해!

바보

일을 마치고
널 보러 가는 길
지하철타고 2시간 내외
긴 시간 이동해도
끝날 때까지 2시간 남짓 기다린다

어제까지만 해도
세상 다 산 것처럼
굴었는데
하루가 지난 지금은
네가 너무 보고 싶어

어제만 해도 네가
너무 미웠는데
하루가 지난 지금은
네가 너무 사랑스러워
미칠 것 같아

내 마음 변덕을

나도 모르겠어
내 마음 아는 넌
그런 날 바보라고 불러

그래서 난
바보야….

사랑의 이유

사랑함에 있어
어떠한 조건도
있어서는 안 됩니다
그건 사랑이 아니니까요

사랑함에 있어
어떠한 이유도
필요치 않습니다

보기만 해도 좋고
곁에 있기만 해도
마음이 따뜻해지고
행복해지니까요

사랑함에 이유가 있다면
그 이유가 사라진다면
사랑도 사라지는 것이기에

사랑함에 있어

조건도 이유도
그 무엇도 있을 필요가 없습니다

그냥 사랑할 뿐입니다
내가 아는 사랑은….

그녀와의 꿈속의 대화

나 : 저 하늘의 별들 봐봐! 무지하게 많지?

그녀 : 응! 오늘 별이 상당히 많다

나 : 내가 널 얼마만큼 사랑하는 줄 알아?

그녀 : 글쎄? 나 많이 사랑해?

나 : 음… 내가 널 얼마나 사랑하는데…
알기 쉽게 말해볼까?
우선 내가 널 사랑하는 크기를 공간으로 설정할게
이제 그 크기가 얼마나 되는지 네가 짐작해봐
저 하늘의 별들 중 몇 개를 채우면 그 공간이 다 찰까?

그녀 : 음… 글쎄 많겠지?
하늘에 떠있는 모든 별들? ㅎㅎㅎ
내가 말하고도 쑥스럽네… ㅋㅋㅋ

나 : 에이 겨우 그 정도밖에 안될 것 같아?

내가 널 사랑하는 크기의 공간은 저 하늘의 별을
다 집어넣어도 티도 안 나는 크기야…

그녀 : 암튼 말은 잘해요 *··*
어쨌든 고마워! 날 그만큼 사랑해 줘서
나도 널 그만큼 사랑해! 네가 날 사랑하는 만큼

나 : *··* 넌 저 하늘의 별들보다 그 어떤 보석보다
나에겐 가장 황홀한 빛을 뿌리는 존재야
태양보다 더 강렬한 열기를 심어주는 그런 존재야
사랑해

그녀 : 나도 사랑해
그런데 어째 노래가사 인용한 것 같다

나 : 히끅… 걸렸당… 헤~~~ 하지만 내가 하고픈
말들이 노래가사로 먼저 나온 걸… 어쨌든 사랑해

그녀 : 나도 사랑해! *··*

사랑이라는 말

사랑이라는 말

너무도 어렵고도 힘든 말입니다

그 한마디를 하기 위해

수십 번, 수백 번, 수천 번 연습을 하고서도

그녀 앞에서 그 많은 노력을 하고서도

하지 못하는 그 말…

연습에 연습을 거듭해도

그 말 한마디가

당신에게 꺼내기가

왜 이리 어려운 걸까요

나 이제 연습의 성과를

당신에게 보이고자 합니다

사랑합니다

사랑합니다

사랑합니다

당신을 사랑합니다.

어떡하죠?

그녀를 안 보면
너무나 그립고 보고 싶습니다

그녀를 만나면
날 아프게 합니다

그녀를 안 보면
보고 싶어 죽을 것 같습니다

그녀는
날 항상 아프게만 합니다

그런 그녀인데도
그녀를 너무 사랑합니다
그녀는 너무 사랑스럽습니다

어떡하죠?

다음 생에는

다음 생에는
지금의 그녀를 사랑하지
않을 겁니다

다음 생에도
그녀를 만난다면
난 그녀를 사랑하지 않을 겁니다

아파하고
슬퍼하는 건
지금으로도 충분합니다

다음 생에서까지
지금처럼
그녀를 사랑하면서
아파하고 슬퍼하고 싶지 않습니다

대신 지금 생에서만큼은
내 생명보다 더

그 누구보다 더
그녀를 사랑할 겁니다

다음 생에서
그녀를 또 다시
사랑하지 않아도 좋을 정도로

다음 생에서
그녀를 또다시 만난다면
난 그녀를 사랑하지 않을 겁니다.

널 만나면서부터

널 만나면서부터
잃어버린 꿈을
다시 꿀 수 있게 되었어

널 만나면서부터
잃어버렸던 내 자신을
다시 찾을 수 있었어

널 만나면서부터
포기했던 사랑을
다시 할 수 있었어

널 만나면서부터
내 인생이
새롭게 태어나기 시작했어

널 만나는 그 순간부터
내가 잃어버린 모든 것들을
다시 되찾을 수 있었어.

잊지 마세요

언제나 당신 한사람을 기다리는
내가 있음을 잊지 마세요
난 당신 뒤에서 당신을
기다리고 있어요
너무 오래 걸리지 않았으면 좋겠지만
어쨌든 기다리는 내가 있음을
잊으면 안 돼요
절대 잊지 마세요
기다리는 내가 있음을….

당신이 있기에

당신이 있기에
즐겁습니다

당신이 있기에
행복합니다

당신이 있기에
힘들어도 힘든 줄을 모릅니다

당신이 있기에
슬퍼도 웃을 수 있습니다

당신이 있기에
날 사랑할 수 있게 되었습니다

당신이 있기에
난 이 험난한 세상 속에서
웃으며 행복하게 살아갈 수 있습니다

당신이 있기에….

기다림의 끝은

내가 사랑하는 여인
일방적인 나만의 사랑입니다

아직 그녀의 마음속엔
내 사랑이 들어가 있지 않습니다

나도 알고 있습니다
내 사랑이 잘못된 사랑이라는 것을

내 사랑 그녀가 말합니다
지금 사랑이 끝나면
날 사랑하겠노라고

난 기다릴 뿐입니다
이 기다림의 끝이
언제일지 나도 모릅니다
그저 끝없이 기다릴 뿐

기다림의 끝이

오지 않을 수도 있습니다

그래도

기다립니다

그녀를 사랑하기에….

그녀와 꼭 하고 싶은 것

그녀와 꼭 같이
하고 싶은 것이 있습니다

같이 영화보기
커피숍에서 커피 마시기
분위기 좋은 식당에서 식사 같이하기
스케이트장 가서 스케이트 함께 타기
그리고 그녀와 키스하기

언젠가는
꼭 사랑하는 그녀와
같이하고 싶습니다

그날을 기다려 봅니다.

안녕

하~~~
긴 숨을 쉬고 나니 마음이 한결 편안합니다

그녀의 사랑이 내가 아니듯
아무리 오랜 시간을 기다려도
그녀는 내게 오지 않을 것을 알고 있습니다

처음부터 알고 있었는지도 모릅니다
그녀를 너무나 사랑하기에
모른 척했을 뿐인지도 모릅니다

이젠 그녀를
보내야 할 것 같습니다
그녀에게 마지막 인사 정도는 해줘야겠지요?

그래서 마지막 인사를 할까 합니다
안녕! 내 사랑
안녕!

고마워, 감사해 그리고 미안해

고마워, 감사해 그리고 미안해

내 어릴 적 꿈을
다시 찾게 해줘서 고마워
그 꿈을 이룰 수 있게 해줘서 감사해
그리고 아무것도 해준 것이 없어서 미안해

날 좋아해줘서 고마워
날 싫어하지 않아서 감사해
널 사랑해서 미안해

넌 내게
너무 많은 것을 주었지만
난 네가 준 것에 비해
너무 작은 것만 주었음에도
고마워 해주는 네가
정말 고맙고 감사해
그리고 더 많은 것을
주지 못해서 미안해

내 평생 너 한 사람만을
고마워하고 감사해 하며
미안해 할게

네게 해줄 수 있는 게
너무 작아 미안해
너무 작은 것을
받고도 고마워하는
네가 너무 고마워
내 곁에 지금처럼
있어줘서 감사해

고마워, 감사해 그리고 미안해.

상사병

주변 사람들이 묻습니다
집에 무슨 일이 있냐고
어머님이 묻습니다
안 좋은 일이 있냐고
난 몰랐습니다

이젠 의심이 갑니다
내게 무슨 일이 있나?
왜 이렇게 기운이 없고
슬퍼지는 거지?

처음엔
계절을 타는 것이라 생각했습니다
하룻밤 자고 일어나면 괜찮아지겠지
다음날도 그 다음날도
여전히 기운이 없고
까닥 없이 슬퍼집니다
그러길 며칠째…

큰맘 먹고 병원을 찾아갔습니다
이유 없이 시시때때로
기운이 없고 슬퍼지는 것 같다고

의사선생님 날 한참을 바라봅니다
나이가 몇인지 물어보시네요
결혼을 했는지 물어보시네요
시시콜콜한 것을 잔뜩 물어보십니다

혹시?
말로만 듣던 우울증을 내가?
조심스럽게 의사선생님께
병명을 물어봅니다

의사선생님 왈
*

*

*

*

*

상사병이랍니다…

가끔 상사병이
우울증 증상처럼 나타나는
사람도 있다고 합니다
제가 그런 케이스라네요

상사병이라… 쩝
아무튼 병명을 알아 다행입니다
드라마에서나 나올 법한
우울증이 아니라 천만다행입니다
기분 좋은 병이겠지요?
상사병이라는 것
태어나 처음입니다
상사병….

마음의 평안

지금 이 순간 당신은 행복하십니까? 불행하십니까?

전 지금 이 순간이 가장 평안합니다

아파해도, 슬퍼해도, 행복해도, 기뻐해도 내가 살아있음에 모두 느낄 수 있기 때문입니다

내가 불행하다 느끼면 그건 불행이요

내가 행복하다 느끼면 그것이 행복입니다

내가 살아감에 느끼는 모든 것들… 평안하십시오

마음이 평안한 사람은 불행도 행복이요, 행복은 더 큰 행복으로 다가옵니다

마음이 평안한 자는 세상 모든 것들이 행복입니다

지금 이 순간을 살아가는 우리 모두 평안하셨으면 좋겠습니다

모두가 다 행복해질 수 있는 길은 마음의 평안을 찾을 수 있는 지금이 가장 좋을 때라 생각합니다

지금 이 순간을 행복으로 이끄시길

마음의 평안을 찾으시길….

집중 좀 해줘

나 너한테 진짜 할 말 있어

나랑 같이 있을 때, 나랑 통화할 때만이라도 나에게 집중 좀 해주면 안 될까?

널 만날 때마다 넌 내 곁에 있는 건지 다른 곳에 있는 건지 구분이 잘 안가

너랑 통화할 때마다 난 누구랑 통화하고 있는 거니?

난 너에게 허수아비 같은 존재인 거니?

나랑 같이 있을 때만큼은, 나랑 통화할 때만큼은 내게 집중 좀 해주면 안 될까?

너와 만날 때마다, 너와 통화할 때마다 난 늘 외로움을 느껴

내게도 좀 집중 좀 해주면 안 되겠니?

넌 잘 모르겠지?

나한테만 그러는 거니? 아니면 다른 사람들한테도 그러는 거니?

제발 집중 좀 해줘

네가 보고 싶어, 네 목소리가 듣고 싶어

널 만나고 네게 통화를 해도 난 왜 외로움을 느껴

야 하는 거니?

왜 소외감을 느끼게 하는 거니?

내가 외로움을 느끼지 않게 소외감을 느끼지 않게 나와 함께할 때만이라도 집중 좀 해달라고 하면 너무 큰 욕심인 거니?

추억

그녀와 나 사이에는
둘만의 추억이
하나도 없는 줄 알았습니다

둘만의 추억을
만들고 싶었습니다

사랑은
추억을 만드는 마법이라
생각했습니다

시간이 지나
사랑은 떠나가도
추억은 남아있었으니까요

추억을 만들고자
무던히도 그녀에게 졸랐습니다

결국 그녀는

추억을 만들어 주지 않더군요

시간이 지나면서 알게 되었습니다
그녀를 만나는 시간이
그녀와 통화했던 그 시간들이
그녀를 생각하고 사랑했던 그 모든 것들이
내겐 더없이 아름다운 추억이었다는 사실을….

사랑이라는 것은

사랑이라는 것은
무엇일까요?

사랑하기 때문에
인내해야 하고
참아야 하며
슬퍼도 웃어야 하는
그런 것인가봐요

누구나 다 사랑을 하면
아픈 건가요?
아니면
내가 사랑하는 방법을 몰라서
나만이 이렇게 아픈 건가요

사랑이라는 것은
불가능을 가능하게 해준다는데
왜 난 사랑하는 것조차도
이리도 힘들고 아픈 걸까요?

불가능한 게 왜 이리도
많은 걸까요?
내 사랑이 완전한 사랑이
아니라 반쪽짜리 사랑이라 그런 건가요?

반쪽짜리 사랑도 사랑일 텐데
사랑이라는 것은
원래가 이렇게 아픈 건가요?

미워하는 만큼 사랑하는 마음이 커진다

나 그 사람
많이 좋아하고 사랑하나봐요
그 사람 다른 사람들과 어울리는 모습 보면
질투가 나요

나한테는 조그마한
배려도, 신경도 써주지 않으면서
다른 사람들에게 신경써주는 그 사람
너무 미워요

그런 모습 내게 보여주는 그 사람
정말 화가 나요
사랑하는 만큼 미워한다는 말
그 말 사실인가봐요

그 사람 너무 사랑하는데
그 사람 사랑하는 만큼
미워요

그 사람 미워지는 만큼
내 사랑 그만큼 커져가요
나 그 사람
정말 많이 사랑하나봐요

미워하는 만큼 사랑하는 마음이
커지는 게 맞나봐요.

내 마음속에서

이제 그 사람 내 마음속에서
보내주어야 할까봐요
나 혼자 좋아서
나 혼자 사랑해서
그 사람 힘들게 했나봐요
그 사람 날 좋아한다고
사랑한다고
기다려달라고 안 했는데
나 혼자 오해해서
그 사람 힘들게 했나봐요
그 사람에게 내가 가진
조그마한 것을 주면서
그 사람에게 큰 것을
기대했나봐요
그 사람 나 때문에
힘들어 하지 않게
이제 그 사람 보내주어야
할까봐요
나 혼자 시작한 사랑

나 혼자 아파하고
이제 그만 그 사람
편안하게 살라고
보내주어야 할까봐요
내 마음속에서….

미안해하지 말아요, 서운해하지 말아요

미안해하지 마세요
당신을 사랑한 것도
나 혼자 한 사랑이고
당신을 도와준 것도
당신이 원해서가 아닌
내가 원해서 도와준 거니까요

이별도 이제
나 혼자 하려고 해요

서운해하지 마세요
그게 날 더 비참하게
만드는 것이니까요

어차피 당신 마음속에
나란 사람은
존재하지 않았잖아요

고마워하는

당신 마음 알아요
그 마음만으로도
고마워요

당신은 내가 불편했잖아요
이제 불편해하지 않아도 돼요

당신과 나만의 추억이
하나도 없네요
지금 내게 남은 추억도
나만의 추억일 뿐이에요

정말로 내게
미안하고 서운하다면
당신만을 사랑했던
나란 사람이 있었다는 것만 기억해줘요

시간이 지나면
사라질 기억이겠지만

잠시나마 날 기억해준다면
난 그것만으로도 고마워할게요
내가 떠나가는 걸
미안해하지 말아요
서운해하지 말아요.

겨울.

그리움 그리고 추억

당신 때문에

나 당신 때문에 밥을 먹었고

나 당신 때문에 잠을 잤었고

나 당신 때문에 웃을 수 있었고

나 당신 때문에 건강할 수 있었고

나 당신 때문에 살아갈 수 있었고

나 당신 때문에 행복할 수 있었습니다

하지만 지금은 당신 때문에 글을 씁니다

당신을 만나 사랑할 때에도

당신을 보내버린 지금도

나 당신 때문에 모든 것을 할 수 있었습니다

당신이 아니었으면 나 지금 이렇게

글을 쓰고 있지는 않겠지요

내게 있어 당신은

예나 지금이나

내 삶의 전부인 것 같습니다.

나 당신을 아직 사랑해요

나 아직 당신을 사랑해요
당신에게 지울 수 없는 상처만 남겨주고
당신에게 고통만 안겨주고

나 당신 곁에 갈 수가 없어요
너무 미안해서
너무 잘못해서

그래도 나
당신만을 사랑할래요
당신이 보지 못하는 곳에서
당신의 행복한 모습을 보면서
같이 기뻐해 줄게요

다른 사람의 아내가 되어
다른 사람의 아기엄마가 되어
행복에 기뻐하는
당신의 모습만 보고 살게요

내 곁이 아니지만
우리 아이들이 아니지만
나와의 행복이 아니지만
괜찮아요
나 당신이 행복한 모습만을 보고 싶어요

오랜 시간이 흘렀네요
나 당신을 아직 사랑해요
당신이 날 미워하는 지금도
나 당신을 사랑해요.

그리움

오늘따라 네가 너무 보고 싶어서

있지도 않은 약속 들먹이며 네가 일하는 곳에 갔었어

벌써 찾아온 가을, 네가 책보는 걸 좋아했는데

너무 바쁘게 사는 것 같아서 책 몇 권을 샀어

너한테 주려고…

사실 책 산 것도 널 보기 위한 핑계이긴 해

널 보았고 커피 한 잔하자고 해서

잠시지만 둘만의 시간을 갖게 됐지

아파 보이는 네 모습

오늘따라 몸이 안 좋다는 네 말

너무 걱정되었어

가뜩이나 추위 잘 타고 뭐만 먹으면 누군가 등을
두드려주어야 소화시키는 너였잖아

널 걱정하는 소리하면 네가 또 싫어할까봐

쿨하게 보이려고 담담한 듯 얘기했는데…

네가 걱정이 돼서 어떻게 얘기를 할까 고민하다 나
온 소리가

"이뻐졌네"

바보같이…

나 아직 널 사랑하는데 네가 너무 그리운데

내가 널 쫓아버려서 차마 표현할 수가 없어

나 때문에 네가 너무 큰 상처를 받아서 뭐라 말하기가 너무 힘든데…

넌 날 잊은 것 같은데 난 아직도 널 잊지 못해서 너무 힘들어

네게 잊지 못할 큰 상처를 주고서

어떻게 "나 지금도 널 사랑해! 다시 돌아와줘!"라고말할 수 있겠어

나 어떡해! 네가 너무 그립고 보고싶고 그런데

넌 날 완전히 잊은 것 같은데

이젠 날 미워하는 게 피하는 게 눈에 보이는데…

그런데도 네가 너무 좋은데

나 어떡하면 될까?

다시 시간을 되돌릴 수만 있다면

그럴 수만 있다면 널 다시는 놓치고 싶지 않아.

당신을 사랑하기에

당신을 사랑하기에 그리워합니다

당신을 사랑하기에 아파합니다

당신을 사랑하기에 슬퍼합니다

당신을 사랑하기에 당신의 행복을 바랍니다

당신을 사랑하기에 당신 곁에 다가서지 못합니다

당신을 사랑하기에 후회합니다

당신을 사랑하기에

말을 못하고 이렇게 글로서 마음을 표현합니다

당신을 사랑하기에

내 자신이 더 작아집니다

당신을 사랑하기에

내가 더 미워집니다

당신을 사랑하기에….

미안해! 네가 해준 말들 못 지킬 것 같아

비가 추적추적 내리는 날이네요

예전에 왜 그리도 비오는 날을 좋아했었는지…

비가 오는 날이면 이상하리만큼 기분이 좋아지곤
했었는데

그런 날 보고 그녀는 언제나 내게 물었습니다

"처량하게 왜 비오는 날을 좋아해? 기분 꿀꿀해지
게"라고 말하며 예쁜 얼굴에 주름을 만들던 그녀

투덜투덜 대면서도 내가 좋아하기에 언제나 내 옆
에서 함께하기를 바랐던 그녀

지금은 내 옆을 지켜주는 그녀가 없습니다

이젠 비만 오면 떠나버린 그녀 생각에 그녀의 말처
럼 처량한 기분이 되어버리네요

왜 몰랐을까요?

소중한 사람이 옆에 있을 때 더 아껴주고 사랑해
주었어야 하는 것인데 그때는 왜 몰랐을까요?

그녀가 떠나고 난 뒤에야 알았습니다

언제나 옆에 있었기에 앞으로도 영원히 옆에 있을
줄 알았습니다

그래서 더 소홀했는지 모르겠습니다

그녀가 떠나며 내게 이 한마디만 하지 않았더라면 난 지금도 몰랐겠지요

"새로운 사람을 만나면 조금 더 사랑한다고 표현을 많이 해줬으면 좋겠어. 새로운 사람 만나면 한 번이라도 더 손을 잡아주도록 해. 그래야 네가 옆에 있다는 걸 느낄 수 있게…. 새로운 사람 만나면 그 사람 생각을 먼저 해주는 네가 되었으면 좋겠다. 새로운 사람 만나면 비오는 날은 그만 좋아해"

그녀가 떠나며 내게 해준 말이었습니다

그녀는 더 많은 말을 해주고 싶어 하는 눈치였지만 더 이상의 말은 없었습니다

그녀를 떠나보낸 뒤에야 알았습니다

그녀는 내게서 사랑한다는 말을 더 듣고 싶어 했고, 한 번이라도 더 손을 잡아주길 원했고, 한 번이라도 더 그녀를 먼저 생각해주는 내가 되었으면 하는 바람들을 안고 있었다는 사실을…

더 많은 말들이 있었겠지요

하지만 그녀는 비오는 날을 그만 좋아하라는 말을 끝으로 자신의 바람을 말하고 떠나갔습니다

새로운 사람을 만나면 꼭 그렇게 해주라던 그녀
미안해! 네가 해준 말들 못 지킬 것 같아
다른 사람을 못 만날 것 같아
내 가슴속에는 오직 너만이 살아가고 있어서….

가을

벌써 가을이네요
내게 있어 가을은
행복과 아픔이 묻어나는
계절이에요

내가 가장 사랑한 사람
내가 잊지 못할 아픔을
주었던 그 사람을
만난 계절이거든요

가을만 되면
계절을 타느라
그 사람 외롭게 했을 텐데
그 사람 내색조차 안하고
웃으며 언제나 날 반겨주었어요

가을은 남자의 계절이라며
본인도 나 때문에 외롭고
우울했을 텐데

그 사람 내색조차 안하고
웃으며 날 기다려줬었어요

내 모든 걸 주어도
아깝지 않을 그 사람인데
난 언제나 받기만 했어요
내 심장을 주어도 아깝지 않을 만큼
큰 사랑인데
나 그 사람 아픔만 주었어요

그 사람 떠나고
몇 해가 지났는데
가을만 되면 그 사람 생각에
잠을 이룰 수가 없어요
너무 미안해서
너무 후회돼서…

그 사람 꼭 행복하게
살았으면 좋겠어요.

가장 무서운 말

묻고 싶은 말이 있습니다
가장 무서운 말이
어떤 말이세요?

저는 가장 무서운 말이
'아무렇지도 않아' 라는
말입니다

사랑했다는 말도
좋아했다는 말도
미워한다는 말도
원망스럽다는 말도 아닌
아무렇지도 않다는
그 말…

차라리
미워한다고 말하면
원망스럽다고 말한다면
'사랑의 감정이 남아있구나' 라고

생각할 텐데…

'아무렇지도 않다' 라는 그 말
난 그 사람에게
잊혀진 사람이란 뜻으로 들리네요

세상에서 가장 무서운 말
'아무렇지도 않아' 라는 그 말이
정말이지 가장 무섭습니다.

눈물

봄에 흘린 내 눈물은
그녀를 만나
행복함에 흘린 눈물이구요

여름에 흘린 내 눈물은
그녀를 믿지 못해
방황하며 흘린 눈물이구요

가을에 흘린 내 눈물은
그녀를 보낼 수밖에 없어
미안함에 흘린 눈물이구요

겨울에 흘린 내 눈물은
떠나보낸 그녀가 그리워
그리움에 흘린 눈물입니다

그러고 보니 난
1년 내내 울기만 했네요.

추억입니다

언제부터인가 내 오른손 약지손가락엔 예전 헤어진 여자친구와의 커플링이 끼워져 있습니다
주변 사람들이 묻습니다
"반지 이쁘네. 결혼반지야?"라고
그럼 난 웃으며 말합니다
"무슨 소리, 혼삿길 막을 일있어여?"
"예전 여자친구와 맞추었던 커플반지인데요…"라고 말입니다

사람들이 말합니다
"그걸 뭐 하러 손에 끼고 다녀? 지금 금값도 비싸던데 팔아버려!"
그 말을 듣고 곰곰이 생각해 봅니다
'왜 나는 헤어진 옛 여친과 맞추었던 반지를 끼고 다니지?'
한참을 생각해 봤습니다

그리고 보니 언제부터인가 내 오른손 약지손가락에 끼워져 있던 반지…

언제부터였는지 기억이 가물가물하네요

그녀와 헤어지고 1년 동안은 안 끼고 다녔던 것 같
은데…

"왜 끼고 다닐까?"

그렇게 고민하길 몇 분…

내 입가에 미소가 감돌기 시작했습니다

드디어 그 이유를 알게 되었거든요

난 반지를 끼고 다니는 게 아니라 추억을 간직하고
있던 거였습니다

비록 헤어진 사람과의 물건이지만 사랑했고 행복
했던 그 시간이 너무 좋았기에

너무 아름다웠기에

잊혀지는 과거가 아닌 추억이 되었기에…

난 반지를 끼고 추억을 가지고 다녔던 거였습니다

네 저도 알고 있습니다

지난 시간은 돌아오지 않는다는 것을

떠나보낸 사람은 다시 돌아오지 않는다는 것을…

하지만 저에겐 너무나 행복했고 아름다운 나날들
이었기에 잊고 싶지는 않습니다

언젠가 제 손가락에서 추억이 빠지는 날 난 새로운
사랑을 시작하겠지요

그리고 또 다른 추억을 만들어 가겠지요

그래도 한때는 내 열정을 태웠던 시간이기에 잊혀
지는 과거가 아닌 영원히 기억에 남을 추억으로 간직
하고 싶습니다

지금 내 오른손 약지손가락엔 아름다웠던 옛 추억
이 자리하고 있습니다

내 손가락에 끼워져 있는 것은 반지가 아닙니다
추억입니다.